THE FOLGER LIBRARY SHAKESPEARE

Designed to make Shakespeare's classic plays available to the general reader, each edition contains a reliable text with modernized spelling and punctuation, scene-by-scene plot summaries, and explanatory notes clarifying obscure and obsolete expressions. An interpretive essay and accounts of Shakespeare's life and theater form an instructive preface to each play.

Louis B. Wright, General Editor, was the Director of the Folger Shakespeare Library from 1948 until his retirement in 1968. He is the author of *Middle-Class Culture in Elizabethan England, Religion and Empire, Shakespeare for Everyman,* and many other books and essays on the history and literature of the Tudor and Stuart periods.

Virginia Lamar, Assistant Editor, served as research assistant to the Director and Executive Secretary of the Folger Shakespeare Library from 1946 until her death in 1968. She is the author of *English Dress in the Age of Shakespeare* and *Travel and Roads in England,* and coeditor of William Strachey's *Historie of Travell into Virginia Britania.*

The Folger Shakespeare Library

Mario Vargas Llosa

Les chiots

Traduit de l'espagnol
par Albert Bensoussan

Gallimard

Titre original :

LOS CACHORROS

C'est à Arequipa au Pérou que Mario Vargas Llosa voit le jour en 1936, mais il passe une partie de son enfance en Bolivie. Dès l'âge de quatorze ans, il est placé à l'Académie militaire Leoncio Prado de Lima qui lui laisse un sinistre souvenir, dont il s'est inspiré dans *La ville et les chiens*, roman dans lequel il oppose l'oppression de la discipline à la liberté qui souffle sur la ville alentour. Parallèlement à ses études universitaires, il collabore à plusieurs revues littéraires et, lors d'un bref passage au Parti communiste, découvre l'autre visage du Pérou. Il se lance dans le journalisme comme critique de cinéma et chroniqueur. Il obtient une bourse et part poursuivre ses études à Madrid où il obtient son doctorat en 1958. L'année suivante, il publie un recueil de nouvelles très remarqué, *Les caïds*, dont est tiré *Les chiots*, et s'installe à Paris. Il publie de nombreux romans, couronnés par des prix littéraires prestigieux : *La maison verte* évoque la vie dans la forêt péruvienne ; *Pantaleón et les visiteuses* raconte les affres du capitaine Pantaleón Pantoja qui met toutes ses vertus à « pacifier » sexuellement les troupes isolées de l'Amazonie péruvienne... *La tante Julia et le scribouillard*, roman en partie autobiographique dans lequel le narrateur tombe amoureux de la tante Julia, belle divorcée de quinze ans son aînée ; dans *Éloge de la marâtre*, Don Rigoberto découvre le plaisir des sens entre les bras de doña Lucrecia, sa seconde épouse, mais il a un rival en la personne de son propre fils, Alfonsito, qui, avec une blonde, enfantine et désarmante perversité, séduit sa marâtre. Devenu libéral après la révolution cubaine, il fonde un mouvement de droite démocratique et se présente aux élections présidentielles de 1990, mais il est battu au second tour. Il analyse cette longue et dure campagne avec une précision d'entomologiste dans *Le poisson dans l'eau*.

Romancier, essayiste, critique, Mario Vargas Llosa est considéré comme l'un des chefs de file de la littérature latino-américaine.

Découvrez, lisez ou relisez les livres de Mario Vargas Llosa :

LA VILLE ET LES CHIENS (Folio n° 1271)

LA MAISON VERTE (L'Imaginaire n° 76)

LES CHIOTS (Folio Bilingue n° 15)

PANTALEÓN ET LES VISITEUSES (Folio n° 2137)

LA TANTE JULIA ET LE SCRIBOUILLARD (Folio n° 1649)

LA GUERRE DE LA FIN DU MONDE (Folio n° 1823)

QUI A TUÉ PALOMINO MOLERO ? (Folio n° 2035)

L'HOMME QUI PARLE (Folio n° 2340)

ÉLOGE DE LA MARÂTRE (Folio n° 2405)

LE POISSON DANS L'EAU (Folio n° 2928)

LITUMA DANS LES ANDES (Folio n° 3020)

LES CAHIERS DE DON RIGOBERTO (Folio n° 3343)

À la mémoire
de Sebastián Salazar Bondy

I

Ils portaient encore culotte courte cette année, nous ne fumions pas encore, de tous les sports ils préféraient le football, nous apprenions à courir les vagues, à plonger du second tremplin du *Terrazas*, et ils étaient turbulents, imberbes, curieux, intrépides, voraces. Cette année où Cuéllar entra au collège Champagnat.

Frère Leoncio, c'est vrai qu'il y a un nouveau ? en « septième A », Frère ? Oui, Frère Leoncio écartait d'un coup de patte la crinière qui couvrait son visage, et maintenant silence.

Il arriva un matin, quand on se mettait en rangs, donnant la main à son papa, et Frère Lucio le plaça devant car il était encore plus petit que Rojas, et en classe Frère Leoncio le fit asseoir derrière, avec nous, à ce pupitre

vide, jeune homme. Comment s'appelait-il ?
Cuéllar, et toi ? Fufu, et toi ? Ouistiti, et toi ?
Marlou, et toi ? Lalo. De Miraflores ? Oui,
depuis le mois passé, avant j'habitais à San
Antonio et maintenant rue Mariscal Castilla,
près du cinéma Colina.

C'était un petit bûcheur (mais pas lèche-
bottes) : la première semaine il fut cinquième,
la seconde troisième et ensuite toujours premier jusqu'à son accident où il se mit à baisser et à récolter de mauvaises notes. Les quatorze Incas, Cuéllar, disait Frère Leoncio, et il
te les récitait d'un trait, les Dix Commande-
ments, les trois strophes de l'Hymne mariste,
le poème *Mon étendard* de López Albújar : d'un
trait. Quel fortiche, Cuéllar, lui disait Lalo et
le Frère excellente mémoire, jeune homme, et
à nous prenez de la graine, bandits ! Il se lustrait les ongles sur le revers de son veston et
toisait toute la classe par-dessus l'épaule, en se
gonflant (pour de rire, au fond il n'était pas
fier, seulement un peu bêcheur et farceur. Et
bon camarade, avec ça. Il nous soufflait aux
compositions et à la récréation il nous payait
des sucettes, plein de sous, des caramels,
verni, lui disait Fufu, tu reçois plus d'argent de

12

poche que nous quatre, et lui c'est à cause des bonnes notes, et nous heureusement que tu es un bon gars, petit bûcheur, c'est ce qui le sauvait).

Les classes du cours primaire finissaient à quatre heures, à quatre heures dix Frère Lucio faisait rompre les rangs et à quatre heures et quart ils étaient tous sur le terrain de foot. Ils jetaient leur cartable dans l'herbe, la veste, la cravate, allez Ouistiti allez, mets-toi dans les buts avant que les autres ne s'y collent, et dans sa cage Judas devenait fou, ouah, dressait la queue, ouah ouah, leur montrait les crocs, ouah ouah ouah, faisait des sauts périlleux, ouah ouah ouah ouah, secouait son grillage. Fan de pute s'il s'échappe un jour, disait Ouistiti, et Marlou s'il s'échappe faut rester tranquilles, les danois ils mordent seulement quand ils sentent que tu as peur, qui te l'a dit? mon vieux, et Fufu moi je grimperais sur les buts, là il ne l'atteindrait pas, et Cuéllar tirait son petit poignard et chlass chlass il lui en faisait voir, il l'écorchait, et l'enterraaaaaouououo, les yeux au ciel, ouahouahouahhouah, la main sur la bouche, ouahouhouahouhahouahou : comment criait Tarzan ?

Ils jouaient jusqu'à cinq heures à peine car le secondaire sortait alors et les grands nous chassaient du terrain de gré ou de force. La langue pendante, couverts de poussière et suant ils reprenaient livres, vestes et cravates, et nous sortions dans la rue. Ils descendaient par la Diagonale en faisant des passes avec les cartables, bloque ça pépère, nous traversions le Parc à hauteur de *Las Delicias*, j'ai bloqué ! t'as vu, mémère ? et chez *D'Onofrio* à l'angle de la rue nous achetions des cornets à la vanille ? panachés ? mets-en un peu plus, l'ami, ne triche pas, un petit peu de citron, radin, avec un chouia de fraise. Et ils continuaient à descendre la Diagonale, le *Violín Gitano*, sans parler, la rue Porta, absorbés par leur glace, un feu rouge, flap suçant flap et débouchant sur l'immeuble de San Nicolás où Cuéllar les quittait, allons, ne pars pas tout de suite, viens au *Terrazas*, ils demanderaient la balle au Chinois, ne désirait-il pas faire partie de l'équipe de la classe ? allez vieux, pour ça il fallait s'entraîner un peu, allons radine-toi, seulement jusqu'à six heures, une partie de mini-foot au *Terrazas*, Cuéllar. Il ne pouvait pas, son papa ne lui permettait pas, il avait ses devoirs à faire.

Ils l'accompagnaient jusque chez lui, comment allait-il entrer dans l'équipe de la classe s'il ne s'entraînait pas ? nous finissions par aller tout seuls au *Terrazas*. Un bon gars mais trop bûcheur, disait Fufu, pour ses études il néglige le sport, et Lalo c'était pas sa faute, son vieux devait être emmerdeur, et Ouistiti sûr, il mourait d'envie de venir avec eux et Marlou ça sera dur de le faire entrer dans l'équipe, il n'avait ni le physique, ni la guibolle, ni la résistance, il se fatiguait tout de suite, ni rien. Mais il a un bon coup de tête, disait Fufu, et puis c'était notre supporter, il fallait le mettre à tout prix, disait Lalo, et Ouistiti pour qu'il soit avec nous et Marlou oui, nous allions le mettre, mais qu'est-ce que ç'allait être dur !

Or Cuéllar, qui était têtu et mourait d'envie de jouer dans l'équipe, s'entraîna tout l'été au point que l'année suivante il obtint le poste d'inter gauche dans la sélection de la classe : *mens sana in corpore sano*, disait Frère Agustín, qu'est-ce qu'il nous disait ? on peut être bon sportif et bien travailler en classe, fallait suivre son exemple. Comment tu as fait ? lui demandait Lalo, d'où sors-tu ce dribble, ces passes, cette ardeur au ballon, ces shoots en corner ? Et lui : son cousin Paquet-de-nerfs l'avait entraîné et son père l'emmenait au stade tous les dimanches et c'est là en voyant les cracks qu'il avait appris leurs trucs, nous saisissions ? Il avait passé ses trois mois sans aller au cinoche ni à la plage, seulement à voir jouer et à jouer au foot du matin au soir, touchez-moi ces mollets, ils étaient devenus durs non ? Oui, il a fait beaucoup de progrès, disait Fufu à Frère Lucio, vraiment, et Lalo c'est un avant rapide et efficace, et Ouistiti il savait bien mener la descente et, surtout, il ne se démontait pas, et Marlou vous l'avez vu descendre jusque dans les bois chercher la balle quand l'adversaire a l'avantage, Frère Lucio ? il faut le mettre dans l'équipe. Cuéllar riait de bonheur, il soufflait sur ses ongles et les lustrait sur sa chemisette de « sixième A », manches blanches et plastron bleu : ça y est, lui disions-nous, cette fois nous t'avons mis mais ne te crois pas.

En juillet, pour le Championnat Inter-classes, Frère Agustín autorisa l'équipe de « sixième A » à s'entraîner deux fois par semaine, le lundi et le vendredi, à l'heure de dessin et musique. Après la seconde récréation, quand la cour restait vide, humide de bruine, lustrée comme des souliers de foot tout neufs, les onze sélectionnés descendaient sur le terrain, nous nous mettions en tenue et, avec nos chaussures à crampons et nos survêts noirs, ils sortaient des vestiaires en file indienne, au pas de gymnastique, avec en tête Lalo, le capitaine. Toutes les fenêtres des classes encadraient des visages envieux qui suivaient leurs courses, il y avait un petit vent froid qui ridait l'eau de la piscine (tu t'y baignerais ? après le match, pas maintenant, brrr quel froid), leurs passes, et agitait les branches des eucalyptus et des ficus du Parc au-dessus du mur jaune du Collège, leurs penaltys et la matinée s'envolait : on s'entraîne au poil, disait Cuéllar, sec, et on va gagner. Une heure plus tard Frère Lucio donnait son coup de sifflet et, tandis que les classes se vidaient et qu'ils se mettaient en rangs par année, les sélectionnés nous nous rhabillions pour aller déjeuner à la maison. Mais Cuéllar traînait parce que (tu copies toutes les manies des cracks, disait Ouistiti, pour qui te prends-tu ? pour Toto Terry ?) il passait toujours sous la douche après l'entraînement. Parfois ils se douchaient eux aussi, ouah, mais ce jour-là, ouah ouah, quand Judas surgit à la porte des vestiaires, ouah ouah ouah, seuls Lalo et Cuéllar se baignaient : ouah ouah ouah ouah. Fufu, Ouistiti et Marlou sautèrent par les fenêtres, Lalo hurla il s'est échappé fais gaffe et il parvint à fermer la porte de la douche sous le mufle du danois. Là, recroquevillé, carreaux blancs, faïence et jets de vapeur, tremblant, il entendit les aboiements de Judas, le sanglot de Cuéllar, ses cris, et il entendit des hurlements, des bonds, des heurts, des chutes, puis seulement des aboiements, et longtemps longtemps après, je vous jure (mais combien de temps, disait Ouistiti, deux minutes ? davantage vieux, et Fufu cinq ? plus, beaucoup plus), la gueulante de Frère Lucio, les jurons de Leoncio (en espagnol, Lalo ? oui, en français aussi, tu comprenais ? non, mais il imaginait que c'étaient des jurons, idiot, à cause de sa voix furieuse), les ô mon Dieu, nom de nom, fous le camp, allez, ouste ouste, le désespoir des Frères, leur terrible peur. Il ouvrit la porte, ils l'avaient déjà emmené, il l'aperçut à peine parmi les soutanes noires, évanoui ? oui, à poil, Lalo? oui et en sang, vieux, ma parole, c'était affreux : y avait du sang partout dans la douche. Et après, qu'est-ce qui s'est passé pendant que je m'habillais, disait Lalo, et Ouistiti Frère Agustín et Frère Lucio ont installé Cuéllar dans le break du Directeur, on les a vus du haut de l'escalier, et Fufu ils sont partis à quatre-vingts (Marlou cent) à l'heure, en klaxonnant et klaxonnant comme les pompiers, comme une ambulance. Pendant ce temps Frère Lucio s'élançait après Judas qui allait et venait dans la cour, sautait et cabriolait, l'attrapait et l'enfermait dans sa cage et à travers le grillage (il voulait le tuer, disait Fufu, si tu l'avais vu, il faisait peur) il le fouettait, sans pitié, tout rouge, sa crinière dansait sur son visage.

Cette semaine, la messe du dimanche, le rosaire du vendredi et les prières du début et de la fin des cours furent consacrés au rétablissement de Cuéllar, mais les Frères se mettaient en colère si les élèves parlaient entre eux de l'accident, ils nous attrapaient et une torgnole, silence, tiens, puni jusqu'à six heures. Ce fut pourtant le seul sujet de conversation en récréation et en classe, et le lundi

suivant quand, à la sortie du collège, ils allèrent lui rendre visite à l'*Hôpital américain,* on
a vu qu'il n'avait rien au visage ni aux mains.
Il était dans une mignonne petite chambre,
salut Cuéllar, aux murs blancs et rideaux
crème, ça y est t'es guéri, petite tête? près
d'un jardin avec des fleurs, du gazon et un
arbre. Eux, nous le vengions, Cuéllar, à
chaque récréation ils bombardaient de pierres
la cage de Judas et lui bien fait, on pourrait
bientôt numéroter ses abattis à ce salaud, il
riait, quand il sortirait on irait au collège la
nuit, nous entrerions par les toits, à nous deux
pan pan, vive l'Aigle masqué chlass chlass, et
on lui ferait voir les étoiles, de bonne humeur
mais maigrichon et pâle, à ce chien, comme il
m'a fait. Assises au chevet de Cuéllar il y avait
deux dames qui nous offrirent des chocolats
puis allèrent au jardin, mon cœur, reste bavarder avec tes petits camarades, elles allaient
fumer une cigarette et revenir, celle en robe
blanche c'est maman, l'autre une tante.
Raconte, Cuéllar, petit vieux, qu'est-ce qui
s'est passé, il avait eu très mal? très très mal,
où c'est qu'il l'avait mordu? ben là, et il prit
un air gêné, au petit zizi? oui, tout rouge, et

il rit et nous avons ri et les dames à la fenêtre bonjour, bonjour mon cœur, et à nous rien qu'un moment encore parce que Cuéllar n'était pas encore guéri et lui chut, c'était un secret, son vieux ne voulait pas, sa vieille non plus, que personne ne le sache, mon poulet, mieux vaut ne rien dire, à quoi bon, il l'avait mordu à la jambe voilà tout, d'accord mon cœur ? L'opération avait duré deux heures, leur dit-il, il retournerait au collège dans dix jours, tu te rends compte toutes ces vacances veinard lui avait dit le docteur. On est partis et en classe tout le monde voulait savoir, on lui a cousu le ventre, pas vrai ? avec du fil et une aiguille, pas vrai ? Et Ouistiti il a piqué un de ces fards en nous racontant ça, c'était un crime d'en parler ? Lalo non, pourquoi donc, lui sa maman lui disait chaque nuit avant de se coucher t'es-tu rincé la bouche, as-tu fait pipi ? et Marlou pauvre Cuéllar, qu'est-ce qu'il avait dû avoir mal si de recevoir le ballon à cet endroit vous en fait voir de toutes les couleurs qu'est-ce que ça devait être de se faire mordre là et puis tu as vu les crocs qu'il se paye Judas, prenez des pierres, allons sur le terrain, à la la une, à la la deux, à la la trois, ouah ouah ouah

ouah, il aimait ça? malheureux, qu'il prenne ça, ça lui apprendra. Pauvre Cuéllar, disait Fufu, il ne pourrait plus jouer en championnat qui commence demain, et Marlou tout cet entraînement pour des prunes et ce qu'il y a de pire, disait Lalo, c'est que notre équipe s'est affaiblie, faut laisser tomber, les gars, pour pas rester à la traîne, jurez-moi de tout plaquer.

II

Il ne retourna au collège qu'après la Fête
nationale et, chose étrange, au lieu d'être
dégoûté du football (n'était-ce pas à cause du
football, d'une certaine manière, que Judas
l'avait mordu?) il devint plus sportif que
jamais. En revanche, il commença à attacher
moins d'importance aux études. Et ça se comprenait, même s'il avait été idiot, il n'avait plus
besoin de bûcher : il se présentait aux exa-
mens avec des moyennes très basses et les
Frères le laissaient passer, mauvais exercices et
très bien, devoirs exécrables et reçu. Depuis
l'accident ils te chouchoutent, lui disions-
nous, tu connaissais que dalle aux fractions et,
c'est un comble, ils t'ont collé seize. De plus,
ils lui faisaient servir la messe, Cuéllar lisez le
catéchisme, porter le fanion de la classe aux
processions, effacez le tableau, chanter au

chœur, distribuez les livrets, et chaque premier vendredi du mois il avait droit au petit déjeuner même s'il ne communiait pas. Qui mieux que toi, disait Fufu, c'est la bonne vie, dommage que Judas ne nous ait pas mordus nous aussi, et lui ce n'était pas à cause de ça : les Frères le chouchoutaient par peur de son vieux. Bandits, qu'avez-vous fait à mon fils, je fais fermer votre collège, je vous envoie en prison, vous ne savez pas qui je suis, il allait tuer cette maudite bête et le Frère Directeur, du calme, calmez-vous monsieur, il le secouait par le rabat. Ça s'est passé comme ça, ma parole, disait Cuéllar, son vieux l'avait raconté à sa vieille et bien qu'ils parlassent à voix basse lui, de mon lit d'hôpital, il les avait entendus : c'est pour ça qu'ils le chouchoutaient, voilà tout. Par le rabat ? c'te blague, disait Lalo, et Ouistiti c'est peut-être vrai après tout, le maudit animal avait bel et bien disparu. Ils ont dû le vendre, disions-nous, il a dû s'échapper, ils l'ont peut-être donné à quelqu'un, et Cuéllar non, non, son vieux était sûrement venu et l'avait tué, il n'avait qu'une parole. Car un matin on trouva la cage vide et une semaine après, à la place de Judas, quatre petits lapins blancs! Cuéllar, apportez-leur de la laitue, hein petite tête, donnez-leur des carottes, comme ils te chouchoutaient, changez-leur l'eau et lui heureux.

Mais les Frères n'étaient pas les seuls à le dorloter, ses vieux aussi s'y étaient mis. Maintenant Cuéllar venait tous les après-midi avec nous au *Terrazas* jouer au mini-foot (ton vieux ne se fâche plus? plus maintenant, au contraire, il lui demandait toujours qui avait gagné le match, mon équipe, combien de buts as-tu marqués, trois? bravo! et lui ne sois pas fâchée, maman, ma chemise s'est déchirée en jouant, sans faire exprès, et elle gros bêta, quelle importance, mon petit cœur, la bonne la lui coudrait et elle te servirait pour la maison, qu'il lui donne un baiser) puis nous allions au poulailler de l'*Excelsior,* du *Ricardo Palma* ou du *Leuro* voir des films à épisodes, des drames pas pour les jeunes filles, des films de Cantinflas et de Tin Tan. À tout bout de champ ils augmentaient son argent de poche, ils m'achètent ce que je veux, nous disait-il, il les avait mis dans sa poche, mes parents, ils ne cherchent qu'à me faire plaisir, il les menait par le bout du nez, ils font des folies. Il fut le premier des cinq à avoir des patins, une bicyclette, une moto et eux Cuéllar ton vieux il peut pas nous offrir une coupe pour le championnat, les emmener à la piscine du stade voir nager Merino et Conejo Villarán et nous reprendre dans son auto à la sortie du cinoche ? et son vieux nous l'offrait, les y emmenait, nous reprenait dans son auto : oui, il le menait par le bout du nez.

À cette époque, peu de temps après l'accident, on commença à l'appeler Petit-Zizi. Le surnom naquit en classe, est-ce ce bosseur de Gumucio qui l'inventa ? bien sûr, qui cela pouvait-il être, et au début Cuéllar, Frère, pleurait, ils me disent un vilain mot, comme une tapette, qui ? que te disent-ils ? une vilaine chose, Frère, il avait honte de le lui répéter, en bégayant et ses larmes qui jaillissaient, puis à la récréation les élèves des autres années Petit-Zizi quoi qu'il y a, et la morve qui lui dégoulinait, qu'est-ce que t'as, et lui Frère, tenez, il courait vers Leoncio, Lucio, Agustín ou le professeur Cañón Paredes : c'est lui. Il se plaignait et devenait furieux aussi, qu'est-ce que t'as dit, Petit-Zizi j'ai dit, blanc de colère, dégonflé, ses mains tremblaient, sa voix aussi, répète un peu si tu l'oses, Petit-Zizi, voilà je l'ai dit, alors il fermait les yeux et, comme le lui avait conseillé son papa, ne te laisse pas faire mon petit, il s'élançait, casse-leur la figure, et les défiais, tu lui marches sur le pied et pan dans la gueule, il se bagarrait à coups de gifles, à coups de tête, à coups de tatane, n'importe où, en rangs ou sur le terrain, tu l'envoies au tapis et c'est marre, en classe, à la chapelle, ils t'emmerderont plus. Mais plus il se fâchait et plus ils l'enquiquinaient et une fois, c'était un scandale, Frère, son père rappliqua chez le Directeur hors de lui, on martyrisait son fils et il n'allait pas le tolérer. Qu'il mette un pantalon et punisse ces morveux, sinon il allait le faire, lui, il allait remettre tout le monde à sa place, quelle insolence, un coup de poing sur la table, c'était un comble, il ne manquait plus que ça. Mais le surnom lui collait comme une étiquette et, malgré les punitions des Frères, les soyez plus humains, ayez un peu pitié du Directeur, et malgré les pleurs, les trépignements, les menaces et les coups de Cuéllar, le surnom se mit à circuler et courut peu à peu dans les quartiers de Miraflores, il ne put jamais s'en défaire, le pauvre. Petit-Zizi passe le ballon, ne sois pas égoïste, quelle note t'es-tu tapée en algèbre, Petit-Zizi ? je t'échange une sucette, Petit-Zizi, contre un nougat, ne manque pas demain y a plein air à Chosica, Petit-Zizi, ils se baigneraient dans la rivière, les Frères apporteraient des gants et tu pourras boxer contre Gumucio et te venger, Petit-Zizi, t'as des godasses ? parce qu'il faudrait grimper à la montagne, Petit-Zizi, et au retour ils se payeraient le cinoche, Petit-Zizi, ça te bottait comme plan ?

Eux aussi, Cuéllar, au début on faisait gaffe, mec, ça leur échappait, vieux, pas fait exprès, frérot, not' pote, soudain Petit-Zizi et lui, tout rouge, quoi ? ou pâle toi aussi, Ouistiti ? les yeux écarquillés, excuse-moi mon vieux, vou-lais pas te blesser, lui aussi, son ami aussi ? allons, Cuéllar, faut pas le prendre mal, comme tout le monde le disait ça te collait après, toi aussi, Fufu ? c'était sans vouloir, lui aussi, Marlou ? on l'appelait ainsi dans son dos ? dès qu'il tournait la tête eux Petit-Zizi, c'est ça ? Non, qu'est-ce que tu vas penser, nous l'entourions affectueusement, parole que jamais plus et puis pourquoi tu te fâches, frérot, c'était un surnom comme un autre et enfin Pérez le boiteux tu l'appelles pas Patte-Folle et Rodríguez parce qu'il louche le Bigleux ou Regard-Fatal et Bouche-d'Or Rivera parce qu'il bégaie? Et ne l'appelait-on pas, lui, Fufu et lui Ouistiti et lui Marlou et lui Lalo? Te fâche pas, frérot, continue à jouer, allez, c'est à toi.

Peu à peu il se résigna à son surnom et en cinquième il ne pleurait plus et ne montrait plus les dents, il laissait courir et parfois même il plaisantait, pas Petit-Zizi Gros-Zozo ha! ha! et en quatrième il s'y était tellement habitué qu'au contraire, si on l'appelait Cuéllar il prenait l'air sérieux et regardait avec méfiance en se demandant si on ne se moquait pas de lui. Il tendait même la main aux nouveaux amis en leur disant enchanté, Zizi Cuéllar pour vous servir.

Pas aux filles, bien sûr, aux hommes seulement. Parce qu'à cette époque, en plus du sport, ils s'intéressaient déjà aux filles. Nous avions commencé à plaisanter, en classe, écoute, hier j'ai vu Riri Martínez avec sa chérie, à la récréation, ils se promenaient la main dans la main sur le Front de mer et soudain smac, un patin! et à la sortie, sur la bouche?

oui et ils étaient restés un bout de temps à se bécoter. Ce fut là, bientôt, le principal sujet de conversation. Kiki Rojas avait une nana plus âgée que lui, blonde, aux grands yeux bleus et dimanche Marlou les a vus entrer ensemble en matinée au *Ricardo Palma* et en sortant elle était toute dépeignée, ils s'étaient sûrement pelotés, et l'autre soir Fufu a chopé le Vénézuélien de terminale, celui qu'on appelle Tirelire à cause de sa grande gueule, mon vieux, dans une bagnole, avec une femme très maquillée et, naturellement, ils se pelotaient, et toi, Lalo, tu as déjà peloté une fille ? et toi, Petit-Zizi, ah ah, et Marlou en pinçait pour la sœur de Perico Sáenz, et Fufu allait payer une glace quand son portefeuille est tombé avec la photo d'un Petit Chaperon rouge dans une fête enfantine, ah ah, ne fais pas des manières, Lalo, on sait bien que tu es fou de la petite Rojas, et toi Petit-Zizi tu es fou de qui ? et lui non, tout rouge, pas encore, ou pâle, il n'était fou de personne, et toi et toi, ah ah.

Si l'on sortait à cinq heures pile et qu'on dévalait l'avenue Pardo comme des dératés, ils arrivaient juste pour la sortie des filles du collège de La Réparation. On s'arrêtait à l'angle et tiens, les bus étaient là, c'étaient les filles de troisième et celle-ci à la deuxième fenêtre c'est la sœur de Cánepa le métis, tchao, tchao, et celle-là, regarde, faites-lui signe, elle a ri, elle a ri, et la fillette nous a répondu, bonjour, bonjour, mais ce n'était pas à toi, morveuse, et celle-là et celle-là. Parfois on leur amenait des billets doux qu'on leur lançait à la volée, que tu es jolie, j'aime tes tresses, l'uniforme te va mieux qu'à personne, ton ami Lalo, attention, vieux, la sœur t'a vu, elle va les punir, comment t'appelles-tu ? moi Marlou, on va dimanche au cinoche ? qu'elle lui réponde demain par un petit billet semblable ou en me faisant oui avec la tête au passage du bus. Et toi Cuéllar, aucune ne lui plaisait ? oui, celle qui s'assoit là derrière, la quat' z'yeux ? non, non, celle à côté, alors pourquoi qu'il lui écrivait pas, et lui que lui mettrait-il, voyons, voyons, veux-tu être mon amie ? non, quelle bêtise, il voulait être son ami et il lui envoyait un baiser, oui, c'était mieux, mais un peu court, quelque chose de plus culotté, je veux être ton ami et il lui envoyait un baiser et je t'adore, elle serait la vache et je serai le taureau, ah ah. Et maintenant signe ton prénom et ton nom et qu'il lui fasse un petit dessin, quoi par exemple? n'importe, un petit taureau, une petite fleur, un petit zizi, et nous passions nos après-midi de la sorte, courant derrière les bus du collège de La Réparation et, parfois, nous allions jusqu'à l'avenue Arequipa voir les filles en uniforme blanc du Villa María, est-ce qu'elles venaient de faire leur première communion? nous leur criions, et ils prenaient même le bus et on descendait à San Isidro pour guetter celles de Sainte-Ursule et celles du Sacré-Cœur. Désormais on ne jouait plus autant au mini-foot.

Quand les fêtes d'anniversaire devinrent des fêtes mixtes, ils restaient dans les jardins en faisant semblant de jouer à tu l'as, mère qu'as-tu dit ou à chat perché j't'ai touché! alors que nous n'avions d'yeux, nous n'avions d'oreilles que pour ce qui se passait au salon, que fabriquaient ces filles avec ces espèces de grands gars, les veinards, qui savaient déjà danser? Jusqu'à ce qu'un jour ils se décident à apprendre eux aussi et alors nous passions des samedis et des dimanches entiers à danser entre hommes, chez Lalo, non, chez moi où c'est plus grand c'était mieux, mais Fufu avait

plus de disques, et Marlou mais moi j'ai ma
sœur qui peut nous apprendre et Cuéllar non,
chez lui, ses vieux étaient déjà au courant et
un jour tiens, sa maman, mon cœur, lui offrait
ce pick-up, pour lui tout seul ? oui, ne voulait-
il pas apprendre à danser ? Il le mettrait dans
sa chambre, il appellerait ses petits camarades,
il s'enfermerait avec eux autant qu'il le voudrait et aussi achète-toi des disques, mon
cœur, va à *Discocentro*, et ils y allèrent et on
choisit des guarachas, des mambos, des bolé-
ros et des valses et la note ils l'envoyaient à son
vieux, voilà tout, monsieur Cuéllar, deux cent
quatre-vingt-cinq Mariscal Castilla. La valse
et le boléro étaient faciles, il fallait de la
mémoire et compter, un pas par ici, un pas
par là, la musique avait moins d'importance.
Ce qu'il y avait de difficile c'étaient la guara-
cha, nous devons apprendre des figures, disait
Cuéllar, le mambo, et faire des tours, lâcher la
cavalière et ne pas perdre les pédales. Nous
apprîmes presque en même temps à danser et
à fumer, nous bousculant, nous étouffant avec
la fumée des Lucky et des Viceroy, sautant jusqu'à ce que soudain ça y est vieux, t'as pigé,
elle sortait, n'oublie pas, remue-toi davantage,

la tête nous tournait, on toussait et crachait, alors, l'avait-il avalée? mensonge, il avait la fumée sous la langue, et Petit-Zizi à moi, qu'on le chronomètre, nous avions vu? huit, neuf, dix, et maintenant il la crachait : savait-il oui ou non pomper? Et aussi la rejeter par le nez et se baisser et faire un petit tour et se relever sans perdre le rythme.

Avant, ce qui nous plaisait par-dessus tout c'étaient le sport et le cinéma, ils donnaient tout pour un match de foot, maintenant en revanche c'étaient par-dessus tout les filles et la danse et nous donnions tout pour une fête avec des disques de Pérez Prado et la permission de la maîtresse de maison de fumer. Ils avaient des fêtes presque tous les samedis et quand nous n'étions pas invités nous nous pointions en douce et, avant d'entrer, ils débarquaient au bistrot du coin et on demandait au Chinois, en frappant sur le zinc avec le poing : cinq perroquets ! Cul sec, disait Petit-Zizi, tel quel, et glou et glou, comme des hommes, comme moi.

Quand Pérez Prado vint à Lima avec son orchestre, nous allâmes l'attendre à l'aéroport, et Cuéllar, qui ose lui parler comme moi, réussit à se frayer un chemin dans la foule, arriva jusqu'à lui, l'attrapa par la veste et lui cria : « Roi du mambo ! » Pérez Prado lui sourit et aussi me serra la main, je vous jure, et signa son carnet d'autographes, regardez. Ils le suivirent, mêlés à la caravane de ses fans, dans l'auto de Bobby Lozano, jusqu'à la place San Martín et, malgré l'interdiction de l'Archevêque et les mises en garde des Frères du collège Champagnat, nous allâmes aux arènes d'Acho, aux places bon marché, voir le championnat national de mambo. Chaque soir, chez Cuéllar, on mettait radio El Sol et nous écoutions, frénétiques, quelle trompette, mec, quel rythme, l'audition de Pérez Prado, quel piano.

Ils portaient maintenant des pantalons longs, nous nous passions de la gomina dans les cheveux et ils s'étaient développés, surtout Cuéllar qui, alors qu'il était le plus petit et le plus malingre de la bande, devint le plus grand et le plus fort. On dirait Tarzan, Petit-Zizi, lui disions-nous, quel balaise tu fais.

III

Le premier à avoir une fiancée fut Lalo, alors que nous étions en seconde. Il entra un soir au *Cream Rica* tout jovial, eux qu'est-ce qui t'arrive et lui, radieux, faisant la roue et se pavanant : j'ai levé Chabuca Molina, elle m'a dit oui. On est allés fêter ça au *Chasqui* et, au second verre de bière, Lalo, qu'est-ce que tu lui as dit en te déclarant, Cuéllar commença à devenir un peu nerveux, lui avait-il pris la main ? casse-pieds, qu'est-ce qu'elle avait fait Chabuca, Lalo, et questionneur, tu l'as embrassée, dis ? Il nous racontait, tout content, et maintenant c'était leur tour, à la vôtre, fondu de bonheur, que nous nous dépêchions d'avoir une fiancée et Cuéllar, cognant la table de son verre, comment ça s'est passé, qu'est-ce qu'elle a dit, qu'est-ce que tu lui as dit, tu lui as fait. On dirait un curé, Petit-Zizi, disait Lalo, tu me confesses et Cuéllar raconte, raconte, quoi d'autre. Ils prirent trois bières «Cristal» et, à minuit, Petit-Zizi était saoul. Appuyé contre un poteau, en pleine avenue Larco, en face de l'Assistance publique, il vomit : petite nature, lui disions-nous, et aussi quel gâchis, rejeter comme ça la bière avec ce que ça coûte, quel gaspillage. Mais lui, tu nous as trahis, n'avait pas envie de plaisanter, traître Lalo, tout écumant, tu as pris les devants, vomissant sur sa chemise, lever une fille, son pantalon, et pas même nous dire qu'il la baratinait, Petit-Zizi, penche-toi un peu, tu t'en mets partout, mais lui tant pis, ça ne se faisait pas, qu'est-ce que ça te fout que je me salisse, faux jeton, traître. Ensuite, tandis que nous le nettoyions, sa fureur tomba et il devint sentimental : nous ne te verrions jamais plus, Lalo. Il passerait ses dimanches avec Chabuca et tu ne nous chercheras plus, dégonflé. Et Lalo quelle idée, frérot, la pépée et les amis étaient deux choses différentes mais qui ne s'opposent pas, il ne fallait pas être jaloux, Petit-Zizi, sois tranquille, et eux donnez-vous la main mais Cuéllar ne voulait pas, que Chabuca lui donne la main, moi je la lui donne pas. Nous le raccompagnâmes jusque chez lui et tout au long du chemin il grommela tais-toi vieux et ressassa la chose, nous arrivons, entre doucement, doucement, pas à pas comme un voleur, fais gaffe, si tu fais du potin tes parents vont se réveiller et t'attraper. Mais le voilà qui se met à crier, ah oui, à donner des coups de pied dans la porte, qu'ils se réveillent et l'attrapent et après ; lâches, que nous ne partions pas, il n'avait pas peur de ses vieux, que nous restions et l'on verrait. Il a pris la mouche, disait Marlou, tandis qu'on filait du côté de la Diagonale, tu as dit j'ai levé Chabuca et mon pote a changé de visage et d'humeur, et Fufu c'était de l'envie, c'est pour ça qu'il s'est saoulé et Ouistiti ses vieux allaient le tuer. Mais ils ne lui firent rien. Qui t'a ouvert la porte ? ma mère et qu'est-ce qui s'est passé ? lui disions-nous, elle t'a battu ? Non, elle s'est mise à pleurer, mon cœur, comment était-ce possible, comment pouvait-il boire de l'alcool à son âge, et mon vieux est venu aussi et le gronda, voilà tout, cela ne se renouvellerait plus ? non papa, avait-il honte de ce qu'il avait fait ? oui. Ils le baignèrent, le couchèrent et le lendemain il leur demanda pardon. À Lalo aussi, frérot, je regrette, la bière m'est montée à la tête, n'est-ce pas ? je t'ai insulté, je t'ai cassé les pieds, n'est-ce pas ? Non, c'est ridicule, un coup de trop, tope là et faisons amis, Petit-Zizi, comme avant, y a rien eu.

Mais il y eut quelque chose : Cuéllar commença à faire des folies pour attirer l'attention. Ils l'applaudissaient, nous l'encouragions, chiche que je tape la bagnole du vieux et nous nous payions les virages de la Costanera, les gars ? chiche que non frérot, et il sortait la Chevrolet de son père et ils s'en allaient à la Costanera ; chiche que je bats le record de Bobby Lozano ? chiche que non frérot, et lui bzzzt sur le Front de mer bzzzt de Benavides jusqu'à la Quebrada bzzzt en deux minutes cinquante, je l'ai battu ? oui et Marlou se signa, tu l'as battu, et toi qu'est-ce que t'as eu les foies, poule mouillée ; chiche qu'il nous invitait à l'*Oh, qué bueno* et qu'on se barrait sans payer ? chiche que non frérot, et ils allaient à l'*Oh, qué bueno,* nous nous gavions de hamburgers et de milk-shakes, ils partaient un par un et depuis l'église de Santa María nous voyions Cuéllar tromper l'attention du garçon et déguerpir qu'est-ce que je vous disais? chiche que je fais voler en éclats toutes les vitres de cette maison avec la carabine de mon vieux? chiche que non, Petit-Zizi, et il les faisait voler. Il faisait le fou pour nous impressionner, mais aussi pour t'as vu, t'as vu? faire maronner Lalo, tu t'es dégonflé toi, pas moi. Il ne lui pardonne pas l'histoire de Chabuca, disions-nous, il peut pas l'encaisser.

En première, Fufu leva Fina Salas et elle lui dit oui, Marlou, Pusy Lañas et également oui. Cuéllar s'enferma chez lui tout un mois et au collège c'est à peine s'il leur disait bonjour, écoute, qu'est-ce qui t'arrive, rien, pourquoi ne nous cherchait-il pas, pourquoi ne sortait-il pas avec eux? ça ne lui disait rien de sortir. Monsieur fait des mystères, disaient-ils, il fait l'intéressant, le malheureux, il est fâché. Mais peu à peu il se résigna et revint au groupe. Le dimanche, Ouistiti et lui allaient tout seuls en matinée (en célibataires, leur disions-nous, en petits veufs), après quoi ils tuaient le temps d'une façon ou d'une autre, en arpentant les rues, sans parler ou à peine allons par ici, par là-bas, les mains dans les poches, écoutant des disques chez Cuéllar, lisant des comics ou

jouant aux cartes, et à neuf heures ils se poin-
taient au parc Salazar pour chercher les
autres, car c'est à cette heure que nous quit-
tions nos fiancées. Alors quoi vous avez bien
frotté ? disait Cuéllar, tandis que nous tom-
bions la veste, ils dénouaient leur cravate et
nous retroussions nos manches au billard de
l'avenue Ricardo Palma, frotté dur, les gars ?
la voix malade de dépit, d'envie et de mauvaise humeur, et eux tais-toi, jouons, avec la
main, la langue ? clignant les yeux comme si
la fumée et la lumière des lampes le blessaient,
et nous il piquait sa colère, Petit-Zizi ? pourquoi au lieu de se froisser ne se cherchait-il pas
une nana et cessait de faire suer ? et lui ils se
sont bécotés ? toussant et crachant comme un
ivrogne, jusqu'à s'étouffer ? trépignant, ils leur
avaient soulevé la jupe, nous leur avions
fourré le petit doigt ? et eux l'envie le dévo-
rait, Petit-Zizi, c'était bon, c'était trognon ? le
rendait dingue, il valait mieux qu'il se taise et
se mette à jouer. Mais il poursuivait, infati-
gable, bon, sérieusement maintenant, qu'est-
ce que nous leur avions fait ? les filles se laissaient embrasser combien de temps ? tu
remets ça, frérot ? tais-toi donc, il devenait

vraiment casse-pieds, et une fois Lalo se fâcha :
et merde, il allait lui foutre son poing, il parlait comme si les fiancées étaient des petites
couche-toi-là. Nous les séparâmes, ils les
réconcilièrent, mais Cuéllar ne pouvait pas
s'en empêcher, c'était plus fort que lui,
chaque dimanche c'était la même rengaine :
alors, comment ça s'est passé, que nous lui
racontions, z'avez bien frotté ?

En terminale, Ouistiti leva Bebe Romero et
elle lui dit non, Tula Ramírez et elle lui dit
non, China Saldívar, oui : au troisième coup
on gagne, disait-il, qui poursuit réussit, heureux. Nous fêtâmes cela dans le petit bistrot
des catcheurs de la rue San Martín. Silen-
cieux, tassé, triste dans son coin, Cuéllar s'envoyait perroquet sur perroquet : ne fais pas
cette tête, frérot, maintenant c'était à lui de
jouer. Qu'il se trouve une nana et la lève, lui
disions-nous, on sera derrière toi, nous l'aiderions ainsi que nos fiancées. Oui, oui, il s'en
dénicherait, perroquet sur perroquet, et soudain, tchao, il se leva : il était fatigué, je vais
me coucher. S'il restait il allait pleurer, disait
Marlou, et Fufu il était là à se mordre les
poings, et Ouistiti s'il ne pleurait pas il allait

faire sa crise comme l'autre fois. Et Lalo : il fallait l'aider, il disait cela sérieusement, nous lui dénicherions une nana même une mocheté, et il perdrait son complexe. Oui, oui, nous l'aiderions, c'était un brave gars, un peu emmerdeur parfois mais tout le monde à sa place, on le comprenait, on lui pardonnait, on le regrettait, on l'aimait, buvons à sa santé, Petit-Zizi, tchin-tchin, à la tienne.

Dès lors, Cuéllar s'en allait seul en matinée les dimanches et jours fériés — nous le voyions dans l'obscurité de l'orchestre, dissimulé dans les rangs arrière, allumant pipe sur pipe, épiant à la dérobée les couples qui se pelotaient —, et il ne les retrouvait que le soir, au billard, au *Bransa*, au *Cream Rica*, l'air amer, as-tu passé un bon dimanche ? et la voix acide, très bien et vous magnifiquement j'imagine, non ?

Mais l'été la colère lui avait déjà passé ; nous allions ensemble à la plage — à *La Herradura*, pas à Miraflores désormais —, dans la bagnole que ses vieux lui avaient offerte à Noël, une Ford décapotable à échappement libre, il ne respectait pas les feux et faisait un bruit d'enfer, effarouchait les passants. Tant bien que

mal, il avait fait ami avec les filles et se conduisait bien avec elles, mais elles toujours, Cuéllar, le tannaient avec la même question : pourquoi ne lèves-tu pas une fille une bonne fois ?
Ainsi cela ferait cinq couples et nous sortirions
en bande tout le temps, ils seraient toujours
ensemble pour le meilleur et pour le pire
pourquoi ne le fais-tu pas ? Cuéllar se défen-
dait en blaguant, non parce que alors ils ne
tiendraient pas tous dans son bolide et l'une
de vous devrait se sacrifier, en déviant, est-ce
qu'à neuf déjà nous n'étions pas écrasés ?
Sérieusement, disait Pusy, ils avaient tous une
fiancée et lui pas, ça ne te fatigue pas de tenir
la chandelle ? Qu'il lève donc la petite Gamio,
elle est folle de toi, elle le leur avait avoué
l'autre jour, chez Gina, en jouant à mère
qu'as-tu dit, elle ne te plaît pas ? Lève-la, nous
le soutiendrions par-derrière, elle l'accepte-
rait, décide-toi. Mais il ne voulait pas avoir de
fiancée et prenait un air blasé, je préfère ma
liberté, et un air canaille, en célibataire c'était
bien mieux. Ta liberté pour quoi faire, disait
China, pour faire des horreurs ? et Chabuca
pour s'en aller chasser tout seul ? et Pusy avec
des petites dévergondées ? et lui avec un air de

mystère, peut-être, de maquereau, peut-être et de vicieux : pourquoi pas ? Pourquoi que tu ne viens plus jamais à nos surboums ? disait Fina, avant tu assistais à toutes, tu étais si joyeux et tu dansais si bien, qu'est-ce qui t'est arrivé, Cuéllar ? Et Chabuca qu'il ne fasse pas sa mauvaise tête, viens et ainsi un jour tu trouveras une fille à ton goût et tu la lèveras. Mais lui pas question, avec un air désabusé, nos surboums l'assommaient, un air de vieux connaisseur, il n'y venait pas parce qu'il en avait d'autres où il s'amusait bien mieux. Ce qu'il y a c'est que les filles comme il faut ne te plaisent pas, disaient-elles, et lui comme amies bien sûr que oui, et elles seulement les couche-toi-là, les petites coureuses, les filles de quat' sous et, soudain, Petit-Zizi, vvvoui elles lui pppplaisaient, il commençait, les ffffilles cccomme il fffaut, à bégayer, mmmais la pppetite Gamio nnnon, elles tu fais bien des manières et lui et ppuis n'ya n'yavait pas le tttemps à cccause des exxxames et eux laissez-le tranquille, nous prenions sa défense, vous ne le convaincrez pas, il avait ses petites aventures, ses petits secrets, magne-toi frérot, quel soleil bon Dieu, il doit faire une de ces chaleurs à *La Herradura*, appuie sur le champignon, donne toute la gomme.

Nous nous baignions en face de *Las Gaviotas* et, tandis que les quatre couples se prélassaient sur le sable, Cuéllar se donnait en spectacle en courant les vagues. Tiens, celle qui arrive, disait Chabuca, cette grosse vague tu vas pouvoir ? Petit-Zizi se levait d'un bond, piqué au vif, sur ce terrain au moins il pouvait gagner : il allait essayer, Chabuquita, regarde. Il s'élançait — il courait en bombant le torse, la tête rejetée en arrière —, plongeait, avançait en agitant les bras joliment, les jambes en cadence, qu'est-ce qu'il nage bien disait Pusy, il atteignait les rouleaux au moment où ils allaient se briser, regarde il va courir la vague il a du cran disait China, il refaisait surface et la tête à peine émergeant, un bras tendu, l'autre frappant l'eau, il avançait comme un champion, nous le voyions monter jusqu'à la crête de la vague, descendre avec elle, disparaître dans un fracas d'écume, regardez regardez, il va finir par se faire rouler disait Fina, et on le voyait réapparaître et approcher, entraîné par la vague, le corps cambré, la tête dehors, les pieds battant l'air, et nous le voyions gagner le rivage tout doucement, gentiment poussé par les rouleaux.

Qu'est-ce qu'il les court bien, disaient-elles tandis que Cuéllar se retournait contre le ressac, nous faisait au revoir et se lançait à nouveau dans la mer, il était sympa, et bien balancé aussi, pourquoi n'avait-il pas de fiancée ? Ils se regardaient du coin de l'œil, Lalo riait, Fina qu'avez-vous, pourquoi ces éclats de rire, racontez, Fufu rougissait, comme ça, pour rien et puis de quoi tu parles, quels rires, elle ne fais pas l'innocent et lui non, il ne faisait pas l'innocent, parole. Il n'en avait pas parce qu'il est timide, disait Ouistiti, et Pusy allons donc, il était plutôt culotté, et Chabuca alors pourquoi ? Il cherche mais il ne trouve pas, disait Lalo, il finira bien par en draguer une, et China c'est faux, il ne cherchait pas, il ne venait jamais aux surprises-parties, et Chabuca alors pourquoi ? Elles savent, disait Lalo, il mettait sa main au feu, elles savaient et faisaient les innocentes, pourquoi ? pour leur tirer les vers du nez, si elles ne savaient pas pourquoi toutes ces questions, tous ces petits regards en coin et ces airs malicieux. Et Fufu :

non, tu te trompes, elles ne savaient pas, c'étaient des questions innocentes, les filles le plaignaient de ne pas avoir de flirt à son âge, ça leur fait peine de le voir tout seul, elles voulaient l'aider. Peut-être bien qu'elles ne savent pas mais un jour elles vont savoir, disait Ouistiti, et ce sera sa faute qu'est-ce que ça lui coûtait d'en baratiner une ne serait-ce que pour donner le change ? et Chabuca alors pourquoi ? et Marlou qu'est-ce que ça peut te faire, ne l'enquiquine pas, le jour où l'on s'y attendra le moins il allait tomber amoureux, elle verrait bien, et maintenant taisez-vous le voilà.

À mesure que passaient les jours, Cuéllar devenait plus ours avec les filles, plus laconique et plus distant. Plus fou aussi : il gâcha l'anniversaire de Pusy en jetant un tas de pétards par la fenêtre, elle se mit à pleurer et Marlou se fâcha, il alla le chercher, ils se bagarrèrent, Petit-Zizi le frappa. Il nous fallut une semaine pour les réconcilier, pardon Marlou, bon Dieu, je ne sais pas ce qui m'a pris, frérot, c'est rien, c'est moi qui te demande pardon, Petit-Zizi, je me suis échauffé, viens viens, Pusy aussi t'a pardonné et veut te voir ; il arriva bourré à la messe de minuit, Lalo et Fufu durent le sortir à bras-le-corps au Parc, lâchez-moi, délirant, il s'en foutait éperdument, dégueulant, il voudrait avoir un revolver, pourquoi, frérot? piquant sa crise, pour nous tuer? oui et aussi celui qui passe pan pan et toi et moi aussi pan pan; un dimanche il envahit la pelouse de l'hippodrome et avec sa Ford vvvooouuummm il fonçait dans la foule vvvooouuummm qui hurlait et sautait au-dessus des barrières, terrorisée, vvvooouuummm. Au Carnaval, les filles le fuyaient : il les bombardait de projectiles dégueulasses, des gravats, des fruits pourris, des ballons pleins de pipi et il les barbouillait de boue, d'encre, de farine, de savon (pour laver la vaisselle) et de cirage : sauvage, lui disaient-elles, cochon, brute épaisse, animal, et il se pointait à la boum du *Terrazas*, à la fête enfantine du parc de Barranco, au bal du *Lawn Tennis*, sans déguisement, un vaporisateur d'éther à chaque main, tchic-a-tchic schlass, je l'ai touchée, je l'ai touchée à l'œil, ah ah, tchic-a-tchic schlass, je l'ai aveuglée, ah ah, ou muni d'une canne pour la balancer dans les pieds des couples et les faire tomber : patatras. Il se bagarrait, on le frappait, parfois nous le défendions mais ça ne lui sert jamais de leçon, disions-nous, un de ces jours on va le tuer.

Ses folies lui donnèrent mauvaise réputation et Ouistiti, frérot, il faut que tu changes, Fufu, Petit-Zizi, tu deviens antipathique, Marlou, les filles ne voulaient plus se joindre à lui, elles te prenaient pour un bandit, un snob et un casse-pieds. Lui, parfois l'air triste, c'était la dernière fois, il allait changer, parole d'honneur, et parfois l'air provocant, bandit, ah oui ? c'est ce qu'elles disaient de moi ces petites connes ? il s'en foutait, les pimbêches il en avait ras le bol, jusqu'ici.

À la fête de promotion — tenue de soirée, deux orchestres, au *Country Club* —, le seul absent de la classe fut Cuéllar. Ne fais pas l'idiot, lui disions-nous, tu dois venir, nous allons te dégoter une fille, Pusy en a déjà parlé à Margot, Fina à Ilse, China à Elena, Chabuca à Flora, elles voulaient toutes, elles mouraient d'envie d'être ta cavalière, choisis et viens à la fête. Mais lui non, c'est ridicule de se mettre en smoking, il n'irait pas, qu'on se retrouve plutôt après. Bon Petit-Zizi, comme il voudra, qu'il n'y aille pas, t'es pas dans le coup, qu'il nous attende au *Chasqui* à deux heures, nous déposerions les filles chez elles, nous viendrions le prendre et nous irions boire quelques verres, faire un tour par là, et lui infiniment triste ça oui.

IV

L'année suivante, quand Ouistiti et Marlou entraient déjà à l'École d'ingénieurs, Lalo en première année de Médecine et Fufu commençait à travailler à la *Casa Wiese*, quand Chabuca n'était plus amoureuse de Lalo mais d'Ouistiti et China plus d'Ouistiti mais de Lalo, Teresita Arrarte arriva à Miraflores : Cuéllar la vit et, pour un temps du moins, il changea. Il cessa du jour au lendemain de faire des bêtises et de se balader en bras de chemise, le pantalon dégueulasse et les cheveux en désordre. Il se mit à porter cravate et veston, à se peigner avec des crans à la Elvis Presley et à cirer ses chaussures : qu'est-ce qui t'arrive, Petit-Zizi, on ne te reconnaît plus, du calme mon vieux. Et lui rien, de bonne humeur, je n'ai rien, il fallait soigner un peu son allure non ? soufflant sur ses ongles, les frottant, il était comme avant. Qu'est-ce que t'es joyeux, frérot, lui disions-nous, c'est une vraie révolution, ne serait-ce pas que? et lui, comme du miel, peut-être, Teresita? tout d'un coup, elle lui plaisait? peut-être bien que oui, comme du chewing-gum, peut-être bien que oui.

Il redevint sociable, presque autant que lorsqu'il était petit. Il allait le dimanche à la messe de midi (nous le voyions parfois communier) et à la sortie il s'approchait des jeunes filles du quartier comment allez-vous? ça va Teresita, on va au Parc? s'asseoir sur ce banc où il y a de l'ombre. Le soir, quand il commençait à faire nuit, il allait à la piste de patinage, il tombait et se relevait, blagueur et disert, viens viens Teresita, il allait lui apprendre, et si elle tombait? allons donc, il lui donnerait la main, viens viens rien qu'un petit tour, et elle bon, empourprée et coquette, une seule fois mais tout doucement, blondinette, avec son petit popotin et ses dents de souris, allons-y. Il se mit aussi à fréquenter le *Regatas*, papa, il fallait qu'il adhère, tous ses amis étaient membres et son vieux O.K., j'achèterai une action, il allait faire de l'aviron, mon gars? oui, et le bowling de la Diagonale. Il faisait même sa petite promenade le dimanche après-midi dans le parc Salazar, et on le voyait toujours souriant. Teresita savait-elle la différence qu'il y avait entre un éléphant et Jésus? prévenant, tiens mes lunettes, Teresita, il y a beaucoup de soleil, causeur, quelles nouvelles, Teresita, tout le monde va bien chez toi? et attentionné un hot-dog, Teresita, un petit sandwich, un milk-shake?

Ça y est, disait Fina, son heure est venue, il est amoureux. Et Chabuca ce qu'il était épris, il regardait Teresita et la bave lui coulait, et eux le soir, autour de la table de billard, tandis que nous l'attendions, la lèvera-t-il? Fufu osera-t-il? et Ouistiti Tere est-elle au courant? Mais personne ne le lui demandait en face et il ne se sentait pas visé par les allusions indirectes, tu as vu Teresita? oui, ils sont allés au cinéma? le film d'Ava Gardner, en matinée, et qu'est-ce que ça vaut? extra, terrible, il fallait y aller, ne le manquez pas. Il tombait la veste, retroussait ses manches, prenait sa queue de billard, commandait de la bière pour les cinq, ils jouaient et un soir, après un magnifique

carambolage, à mi-voix, sans nous regarder :
ça y est, on allait le guérir. Il marqua ses
points, on allait l'opérer, et eux que disait-il,
Petit-Zizi ? c'est vrai qu'on va t'opérer ? et lui
prenant un air détaché, pas mal, hein ? C'était
possible, oui, pas ici mais à New York, son
vieux allait l'y mener, et nous mais c'est
magnifique, frérot, c'est formidable, quelle
grande nouvelle, quand le départ ? et lui bientôt, dans un mois, à New York, et eux qu'il rie,
chante, crie, sois heureux, petit frère, quelle
joie. Sauf que ce n'était pas encore sûr, il fallait attendre une réponse du docteur, mon
vieux lui a déjà écrit, pas un docteur mais un
savant, un cerveau comme il y en a là-bas et
lui, papa elle est arrivée ? non, et le lendemain
il y a eu du courrier, maman ? non mon cœur,
calme-toi, ça ne va pas tarder, il ne fallait pas
être impatient et à la fin la lettre arriva et son
vieux le prit par les épaules : non, ça n'était
pas possible, mon gars, il fallait avoir du courage. Oh, quel dommage, lui disaient-ils, et lui
mais il se peut qu'ailleurs, en Allemagne par
exemple, à Paris, à Londres, son vieux allait se
renseigner, écrire des centaines de lettres, il
ferait l'impossible, mon gars, et il partirait, on

l'opérerait et il guérirait, et nous bien sûr, petit frère, bien sûr que si, et quand il s'en allait, le pauvre, on avait envie de pleurer. Fufu : Teresita a été bien mal inspirée en s'installant dans le quartier, et Ouistiti il s'était résigné et le voilà maintenant désespéré et Marlou mais peut-être que plus tard, la science fait tant de progrès, n'est-il pas vrai ? on découvrirait quelque chose et Lalo non, son oncle le médecin lui avait dit non, il n'y a pas moyen, c'est sans remède et Cuéllar alors papa ? pas encore, de Paris, maman ? et si peut-être à Rome ? d'Allemagne, alors ?

Et en attendant il recommença à aller en surprise-partie et, comme pour effacer la mauvaise réputation qu'il avait acquise avec ses folies de bringueur et se gagner les familles, il se comportait lors des anniversaires et des saucisses-parties comme un garçon modèle : il arrivait à l'heure et à jeun, un petit cadeau à la main, Chabuquita, pour toi, joyeux annive, et ces fleurs pour ta mère, dis-moi Teresita est arrivée ? Il dansait très raide, très correct, on dirait un vieux, il ne serrait pas sa cavalière, les filles qui faisaient tapisserie viens ma grosse nous allons danser, et il bavardait avec les

mamans, les papas, et était prévenant servez-
vous madame envers les tantes, voulez-vous un
jus de fruits ? envers les oncles, un petit coup ?
galant, il est mignon votre collier, ce qu'elle
brille votre bague, loquace, êtes-vous allé aux
courses, monsieur, avez-vous gagné le gros
lot ? et baratineur, vous êtes une Péruvienne
qui n'a pas froid aux yeux, madame, appre-
nez-moi à briser les cœurs comme ça, don Joa-
quín, que ne donnerait-il pour danser comme
ça.

Quand nous étions en train de parler, assis
sur un banc du Parc, et qu'arrivait Teresita
Arrarte, à une table du *Cream Rica*, Cuéllar
changeait, ou au quartier, de conversation : il
veut l'étonner, disaient-ils, se faire passer pour
un cerveau, il la travaille par l'admiration.

Il parlait de choses étranges et difficiles : la
religion (Dieu qui était tout-puissant pouvait-
il par hasard se tuer étant immortel ? voyons,
qui de nous trouvait la solution), la politique
(Hitler ne fut pas aussi fou qu'on le dit, en
quelques années il fit de l'Allemagne un pays
qui défia le monde entier, non ? qu'en pen-
saient-ils), le spiritisme (ce n'était pas de la
superstition mais de la science, en France il y

avait des médiums à l'Université et ils ne se contentent pas d'appeler les âmes, ils les photographient aussi, il avait vu un livre, Teresita, si elle voulait il se le procurerait et je te le prête). Il annonça qu'il allait étudier : l'an prochain il entrerait à la Catho et elle toute maniérée c'est bien, quelle carrière allait-il suivre ? et elle lui mettait sous les yeux ses menottes blanches, le barreau, ses petits doigts boudinés et ses ongles longs, le barreau ? oh, que c'est laid ! peints au vernis naturel, devenant triste et lui pas pour être un avocaillon mais pour entrer au ministère des Affaires étrangères et devenir diplomate, devenant gaie, menottes, yeux, cils, et lui oui, le Ministre était l'ami de son vieux, il lui avait déjà parlé, diplomate ? frimousse, oh, que c'est bien ! et lui, fondant, mourant d'amour, bien sûr, on voyageait tant, et elle il y a cela aussi et en plus on passait sa vie en fêtes : œillades.

L'amour fait des miracles, disait Pusy, ce qu'il est devenu sérieux, et charmant. Et China : mais c'était un amour bien bizarre, s'il était si mordu pour Tere pourquoi ne se déclarait-il pas une bonne fois ? et Chabuca c'est exactement ça qu'attendait-il? cela faisait plus de deux mois qu'il la poursuivait de ses assiduités et jusqu'à présent beaucoup de bruit pour rien, tu parles d'un flirt. Eux, entre eux, savent-elles ou font-elles semblant? mais devant elles nous le défendions en dissimulant : petit à petit l'oiseau fait son nid, mesdemoiselles. C'est une question d'amour-propre, disait Ouistiti, il ne voudra pas prendre de risque avant d'être sûr qu'elle va l'accepter. Mais bien sûr qu'elle allait l'accepter, disait Fina, ne lui faisait-elle pas les yeux doux, regarde Lalo et China ce qu'ils sont mielleux, et elle lui faisait des appels du pied, ce que tu patines bien, quel joli pull tu as, ce que t'es bien nippé et même elle se déclarait en jouant, est-ce que tu seras mon cavalier? C'est justement pour cela qu'il n'a pas confiance, disait Marlou, avec les coquettes comme Tere on ne savait jamais, cela semble marcher et puis non. Mais Fina et Pusy non, mensonge, elles lui avaient demandé l'accepteras-tu? et elle avait laissé entendre que oui, et Chabuca est-ce qu'elle ne sortait pas souvent avec lui, est-ce que dans les surprises-parties elle ne dansait pas seulement avec lui, au cinéma avec qui allait-elle si ce n'est avec lui ? Ça ne peut pas être plus clair : elle est folle de lui. Et China à force de tant attendre qu'il se déclare elle va finir par se fatiguer, poussez-y-le une bonne fois et s'il voulait une occasion nous la lui donnerions, une petite boum par exemple samedi, ils danseraient un petit peu, chez moi ou chez Chabuca ou chez Fina, nous sortirions dans le jardin et les laisserions seuls tous les deux, quoi de mieux. Et au billard : elles ne savaient pas, les innocentes, ou plutôt les hypocrites, elles savaient et faisaient semblant.

Ça ne peut pas durer comme ça, dit Lalo un jour, elle le tenait comme un chien, Petit-Zizi allait devenir fou, il pouvait même mourir d'amour, faisons quelque chose, eux oui mais quoi, et Marlou voir si c'est vrai que Tere est folle de lui ou si c'est de la coquetterie. Ils allèrent chez elle, nous l'interrogeâmes, mais elle savait de quoi il retournait, elle nous met tous les quatre dans sa poche, disaient-ils. Cuéllar ? assise sur le balcon de sa maison, vous ne l'appelez pas Cuéllar mais d'un vilain mot, se balançant pour que la lumière du lampadaire tombe sur ses jambes, il est fou de moi ? qui n'étaient pas mal, comment le savions-nous? Et Fufu ne fais pas l'innocente, elle le savait et eux aussi et les filles et on le répétait dans tout Miraflores et elle, yeux, bouche, frimousse, c'est vrai? comme si elle voyait un Martien: première nouvelle. Et Marlou allons Teresita, il fallait être franche, jouer cartes sur table, ne voyait-elle pas comment il la regardait? Et elle oh là là, tapant des mains, menottes, dents, sandalettes, que nous regardions, un papillon! courions, l'attrapions et le lui ramenions. Il la regardait, c'est vrai, mais comme un ami et, aussi, que c'est mignon, lui caressant les ailes, petits doigts, ongles, voix fluette, il est mort, le pauvre, il ne lui disait jamais rien. Et eux c'est des histoires, des mensonges, il lui disait bien quelque chose, il la baratinait au moins et elle non, parole, elle creuserait un petit trou dans son jardin et elle l'enterrerait, une bouclette, le cou, minuscules oreilles, jamais, nous jurait-elle. Et Ouistiti ne voyait-elle donc pas comme il la suivait? et Teresita il la suivait peut-être mais comme un ami, oh là là, trépignant, petits poings, grands yeux, il n'était pas mort le bandit il s'est envolé! taille fine et tétins, car, alors il lui aurait pris la

main, non ? ou du moins il aurait essayé, non ?
le voilà, là, que nous courions, ou il se serait
déclaré, non ? et l'attrapions à nouveau : c'est
qu'il est timide, disait Lalo, tiens-le mais,
attention, tu vas te salir, et il ne sait pas si tu
vas l'accepter, Teresita, allait-elle l'accepter ?
et elle oh, oh, ridules, front plissé, ils l'ont tué
et écrabouillé, une fossette aux joues, jeu de
cils, sourcils, qui ça ? et nous comment qui ça
et ça il valait mieux le jeter, tel quel, tout écrabouillé, pourquoi l'enterrer : haussement
d'épaules. Cuéllar ? et Marlou oui, il lui plaisait ? elle ne savait pas encore et Fufu alors
c'est qu'il lui bottait, Teresita, oui il lui plaisait, et elle elle n'avait pas dit cela, seulement
qu'elle ne savait pas, elle verrait bien si l'occasion se présentait mais elle ne se présente-
rait sûrement pas et eux chiche que oui. Et
Lalo, elle le trouvait mignon ? et elle Cuéllar ?
coudes, genoux, oui, il était assez mignon
non ? et nous tu vois, tu vois qu'il lui plaisait ?
et elle elle n'avait pas dit cela, non, que nous
ne nous moquions pas d'elle, tenez, le
papillon brillait entre les géraniums du jardin
ou était-ce une autre bébête ? le bout du petit
doigt, le pied, une talonnette blanche. Mais

pourquoi avait-il ce surnom si laid, nous étions bien mal élevés, pourquoi ne l'appelaient-ils pas d'un plus joli nom comme Poulet, Bobby, Superman ou Conejo Villarán, et nous oui il lui bottait, il lui bottait elle voyait bien ? elle le plaignait pour son surnom, alors c'est qu'elle l'aimait, Teresita, et elle elle l'aimait ? un petit peu, yeux, risettes, seulement comme ami, bien sûr. Elle fait celle qui ne sait pas, disions-nous, mais il n'y a pas de doute à avoir : que Petit-Zizi se déclare un point c'est tout, parlons-lui. Mais c'était difficile et ils n'osaient pas.

Et Cuéllar, de son côté, ne se décidait pas non plus : il était nuit et jour pendu à Teresita Arrarte, la contemplant, lui faisant des risettes, des câlineries et à Miraflores ceux qui ne savaient pas se moquaient de lui, tombeur, lui disaient-ils, beau gosse, coureur de jupons et les filles lui chantaient *Jusqu'à quand, jusqu'à quand* pour lui faire honte et l'encourager. Alors, un soir nous le menâmes au *Cine Barranco* et, à la sortie, frérot, allons à *La Herradura* avec ton bolide et lui d'ac, ils prendraient quelques bières et joueraient au baby-foot, O.K. Nous allâmes dans sa puissante Ford, pétaradant, crissant dans les virages et sur le Front de mer de Chorrillos un motard les arrêta, nous allions à plus de cent, monsieur, mon vieux, ne sois pas comme ça, fallait pas être vache, et il nous demanda nos papiers et ils durent lui glisser la pièce, monsieur ? prends quelques verres à notre santé, mon vieux, fallait pas être vache, et à *La Herradura* ils descendirent et s'assirent à une table du *Nacional* : toutes ces petites pépées, mon frère, mais cette mignonne pimbêche n'était pas mal et comme elles dansent, on se croyait au cirque. Nous prîmes deux bières « Cristal » et ils n'osaient pas, quatre et toujours rien, six et Lalo commença. Je suis ton ami, Petit-Zizi, et il rit déjà saoul ? et Marlou nous t'aimons bien, frérot, et lui vrai ? riant, une cuite affectueuse toi aussi ? et Ouistiti : ils voulaient lui parler, frérot, et aussi le conseiller. Cuéllar changea, pâlit, trinqua, joli ce couple non ? lui on dirait un têtard et elle une guenon, non ? et Lalo pourquoi dissimuler, petit vieux, tu es fou de Tere, non ? et il toussa, éternua, et Marlou, Petit-Zizi, dis-nous la vérité oui ou non ? et il se mit à rire, triste, tremblant, c'est à peine si on l'entendit : vvvoui, fffou d'elle. Deux « Cristal » encore et Cuéllar ne savait cccomment faire, Fufu, que pouvait-il faire? et lui te déclarer, et lui ce n'est pas possible, Ouistiti, comment vais-je me déclarer et lui en te déclarant, petit vieux, en lui disant que tu l'aimes, eh bien elle va te dire oui. Et lui ce n'était pas pour ça, Marlou, elle pouvait lui dire oui mais et après? Il avalait sa bière et sa voix se brisait et Lalo après c'est après, pour le moment lève-la voilà tout, peut-être que dans pas longtemps il allait guérir et lui, Petit-Fufu, et si Tere l'apprenait, si quelqu'un lui disait? et eux elle ne savait pas, nous lui avons tiré les vers du nez, elle est folle de toi alors la voix lui revenait elle est folle de moi? et nous oui, et lui bien sûr que dans pas longtemps je peux peut-être guérir cela nous semblait possible? et eux oui, Petit-Zizi, en tout cas tu ne peux pas continuer comme ça, à te ronger, à maigrir et te miner : qu'il se déclare une bonne fois. Et Lalo comment pouvait-il hésiter? Il se déclarerait, il aurait une fiancée et lui que ferait-il? et Fufu il flirterait et Marlou il lui prendrait la main et Ouistiti il l'embrasserait et Lalo il la peloterait un brin et lui et après? et sa voix se brisait et eux après? et lui après, quand ils seraient grands et tu te marierais, et lui et toi et Lalo : quelle absurdité, comment vas-tu penser à cela dès à présent, et en plus c'est secondaire. Un jour il la laisserait tomber, il lui ferait une scène sous un prétexte quelconque et se disputerait et ainsi tout serait réglé et lui, voulant et ne voulant pas parler : justement c'est ce qu'il ne voulait pas, parce que, parce qu'il l'aimait. Mais un moment après — dix «Cristal» déjà — les gars, nous avions raison, c'était la meilleure solution : je la lèverai, je resterai un moment avec elle puis je la laisserai tomber.

Mais les semaines passaient et nous quand, Petit-Zizi, et lui demain, il ne se décidait pas, je la lèverai demain, parole, souffrant comme jamais ils ne le virent avant ni ensuite, et les filles « *tu perds ton temps, en pensant, en pensant*» lui chantant le boléro «*Qui sait, qui sait, qui sait*». C'est alors que ses crises commencèrent : il jetait soudain par terre sa queue de billard, tombe-la, frérot! flanquait en l'air les bouteilles ou les cendriers, et cherchait querelle à n'importe qui ou bien il éclatait en larmes, demain, cette fois c'était vrai, sur sa mère qu'il le ferait : je me déclare ou je me tue. « *Ainsi passent les jours, et tu te désespères...* » et il sortait du cinoche et se mettait à marcher, à trotter sur l'avenue Larco, laissez-moi, comme un cheval fou, et eux derrière, allez-vous-en, il voulait être seul, et nous tombe-la, Petit-Zizi, ne souffre pas, tombe-la, tombe-la, « *qui sait, qui sait, qui sait* ». Ou il se flanquait au *Chasqui* et se biturait, quelle haine il sentait, Lalo, jusqu'à se saouler, quelle terrible peine, Petit-Fufu, et ils l'accompagnaient, j'ai envie de tuer, frérot ! et nous le ramenions en le portant presque jusqu'à la porte de chez lui, Petit-Zizi, décide-toi une bonne fois, tombe-la, et elles du matin au soir « *sur ce que tu aimes le plus, jusqu'à quand, jusqu'à quand* ». Elles lui rendent la vie impossible, disions-nous, il finira ivrogne, voyou, loque.

Ainsi finit l'hiver, un autre été commença et avec le soleil et la chaleur un garçon de San Isidro débarqua à Miraflores, il était élève architecte, avait une Pontiac et savait nager : Cachito Arnilla. Il se colla au groupe et au début ils lui faisaient mauvaise figure et les filles qu'est-ce que tu fous là, qui c'est qui t'a invité, mais Teresita laisse-le, chemisier blanc, ne l'embêtez pas, Cachito assieds-toi près de moi, casquette de marin, blue-jeans, c'est moi qui l'ai invité. Et eux, frérot, ne voyait-il pas ? et lui oui, il la draguait, couillon, il va te la souffler, dépêche-toi ou tu es blousé, et lui qu'est-ce que j'en ai à foutre qu'il la lève et nous ça ne lui faisait rien ? et lui qu-qu'est-ce que ça lui fffoutait et eux il ne l'aimait donc plus ? qu-quoi l'aimer qu-quoi.

Cachito leva Teresita à la fin janvier et elle lui dit oui : pauvre Petit-Zizi, disions-nous, quelle déception et de Tere quelle coquette, quel sale coup, quelle saloperie elle lui a faite. Mais les filles maintenant la défendaient : bien fait, à qui la faute, et Chabuca jusqu'à quand allait-elle attendre la pauvre Tere qu'il se décide ? et China comment sale coup, au contraire c'est lui qui lui a fait perdre son temps pendant si longtemps et Pusy en plus Cachito était joli garçon, Fina et sympathique et mignon et Chabuca et Cuéllar timide et China tapette.

V

Alors Zizi Cuéllar refit marche arrière. Il est gonflé, disait Lalo, il a couru les vagues en pleine Semaine sainte ? Et Ouistiti : pas des vagues, des trombes de cinq mètres, mon frère, des grandes comme ça, de dix mètres. Et Fufu : elles faisaient un boucan du diable, elles arrivaient jusqu'aux cabines, et Chabuca plus loin, jusqu'au Front de mer, elles éclaboussaient les voitures sur la route et, bien sûr, personne ne se baignait. L'avait-il fait pour être vu par Teresita Arrarte ? oui, pour déconsidérer à ses yeux son fiancé ? oui. Absolument, comme pour dire Tere vise un peu ce que j'ose faire et Cachito zéro, c'était ça le fameux nageur ? il fait trempette sur le bord comme les femmes et les enfants, vise un peu ce que tu as perdu, il est gonflé.

Pourquoi la mer était-elle déchaînée pour

la Semaine sainte ? disait Fina et China de colère parce que les Juifs ont tué le Christ, et Fufu c'étaient les Juifs qui l'avaient tué ? il croyait que c'étaient les Romains, l'idiot. Nous étions assis sur le Front de mer, Fina, en maillot de bain, Fufu, les jambes à l'air, Marlou, les énormes vagues se brisaient, China, et venaient nous mouiller les pieds, Chabuca, qu'elle était froide, Pusy, et sale, Ouistiti, l'eau noire et l'écume café, Teresita, pleine d'algues et de méduses et Cachito Arnilla, et là-dessus pst pst, regardez, voilà Cuéllar. S'approcherait-il, Teresita ? ferait-il celui qui ne te voyait pas ? Il gara sa Ford en face du Club de Jazz de *La Herradura*, il descendit, entra à *Las Gaviotas* et ressortit en maillot — un nouveau, disait Fufu, jaune, un Jantsen et Ouistiti il a pensé même à ça, il a tout calculé pour attirer l'attention, tu as vu, Lalo ? —, une serviette autour du cou comme une écharpe et des lunettes de soleil. Il lança un regard moqueur aux baigneurs timorés, réfugiés entre le Front de mer et la plage, toisa les grosses vagues furieuses et folles qui secouaient le sable, leva la main, nous salua et s'approcha. Salut Cuéllar, quel manque de pot, hein ? salut, salut, l'air de ne pas comprendre, ils auraient mieux fait d'aller se baigner à la piscine du *Regatas*, non ? qu'est-ce que vous avez, l'air de dire pourquoi, comment va. Et enfin l'air de dire ah c'est à cause des vagues ? non, quelle idée, qu'est-ce qu'ils avaient, qu'est-ce qui nous arrivait (Pusy : la salive aux lèvres et le sang dans les veines, ah ah), mais la mer était extra comme ça, Teresita œillades, parlait-il sérieusement ? oui, formidable même pour courir les vagues, il plaisantait, non ? menottes et Cachito oserait-il lui les dévaler ? bien sûr, sur le ventre ou sur un matelas pneumatique, nous ne le croyions pas ? non, c'est de cela que nous riions ? avaient-ils peur ? vraiment ? et Tere lui non ? non, il allait s'aventurer ? oui, il allait courir les vagues ? bien sûr : petits cris. Et ils le virent ôter sa serviette, regarder Teresita Arrarte (elle devait être toute rouge, non ? disait Lalo, et Fufu non, pourquoi ça, et Cachito ? oui, lui il a fait la grimace) et descendre en courant les marches du Front de mer et se lancer à l'eau en exécutant un saut périlleux. Et nous le vîmes passer à toute allure le ressac du rivage et atteindre en un rien de temps le brisement. Une vague arrivait, il s'enfonçait puis ressortait et replongeait puis réapparaissait, à quoi ressemblait-il ? un vrai poisson, un dauphin, petit cri, où était-il ? un autre, regardez-le, petit bras, là, là. Et ils le voyaient s'éloigner, disparaître, apparaître et rapetisser jusqu'à atteindre la zone des rouleaux, Lalo, mince de rouleaux : énormes, frémissants, ils se dressaient et ne tombaient jamais, petits sauts, c'était cette minuscule chose blanche ? Frissons, oui. Il allait, venait, retournait, se perdait entre l'écume et les vagues, reculait et s'obstinait, à quoi ressemblait-il ? un caneton, une barquette en papier, et pour le voir mieux Teresita se dressa, Chabuca, Fufu, tous, Cachito aussi, mais à quelle heure allait-il les courir à la fin ? Il hésita mais finalement se décida. Il se retourna vers la plage, nous chercha et il nous fit et ils lui firent adieu, adieu, petite serviette. Il en laissa passer un, deux et au troisième rouleau ils le virent, nous le devinâmes enfonçant sa tête, se pousser d'un bras pour choper le courant, cambrer son corps et battre des pieds. Il l'attrapa, ouvrit les bras, s'éleva (une vague de huit mètres ? disait Lalo, plus, comme le toit ? plus, comme les chutes du Niagara, alors ?

plus, beaucoup plus) et il tomba avec la crête de la vague et la montagne d'eau l'avala, la vague se forma, il est sorti, il est sorti ? et s'approcha en grondant comme un avion, vomissant l'écume, alors, vous l'avez vu, il est là ? et se mit enfin à baisser, à perdre de sa force et il apparut, bien tranquillement, et la vague le portait tout doux, couvert de varech, tout ce qu'il est resté sans respirer, quels poumons, et le rejetait sur le sable, il est gonflé : il nous avait tous laissés bouche bée, Lalo, il y avait de quoi, c'est sûr. C'est ainsi qu'il recommença.

Au milieu de l'année, peu après la Fête nationale, Cuéllar entra travailler à l'usine de son vieux : maintenant il va se corriger, disaient-ils, il va devenir un garçon sérieux. Mais il n'en fut rien, au contraire. Il sortait du bureau à six heures et à sept il était déjà à Miraflores, à sept heures et demie au *Chasqui*, accoudé au bar, buvant (une petite « Cristal », un perroquet) et attendant l'arrivée de quelque connaissance pour jouer aux dés. Il passait là toute la soirée, entre les dés, les cendriers débordants de mégots, les flambeurs et les bouteilles de bière glacée, et il finissait la soirée en voyant un show dans des cabarets

mal famés (le *Nacional,* le *Pingüino,* l'*Olímpico,*
le *Turbillón*) ou, s'il était fauché, il finissait de
se saouler dans les pires troquets où il pouvait
laisser en gage son stylo Parker, sa montre
Oméga, sa gourmette en or (tavernes de Sur-
quillo et d'El Porvenir), et certains matins on
le voyait tout égratigné, un œil au beurre noir,
une main bandée : il est fichu, disions-nous, et
les filles pauvre de sa mère et eux sais-tu qu'il
fréquente maintenant des pédés, des macs,
des dealers ? Mais le samedi il sortait toujours
avec nous. Il passait les chercher après déjeuner et, si nous n'allions pas à l'hippodrome ou
au stade, ils s'enfermaient chez Ouistiti ou
Marlou et jouaient au poker jusqu'au soir.
Nous revenions alors chez nous, ils se douchaient, nous nous pomponnions et Cuéllar
venait les prendre avec sa puissante Nash que
son vieux lui avait cédée à sa majorité, mon
gars, il avait maintenant vingt et un ans, tu
peux voter maintenant et sa vieille, mon cœur,
ne conduis pas trop vite car il allait finir par
se tuer. Tandis que nous nous remontions
chez le Chinois du coin en sirotant un petit
verre, iraient-ils au resto chinetoc ? nous dis-
cutions, rue Capón ? et ils racontaient des

blagues, manger des brochettes à Bajo el Puente? Petit-Zizi était un champion, à la Pizzeria? vous connaissez celle de et qu'est-ce qu'elle lui a dit la petite grenouille et celle du général et quand Toñito Mella se coupait en se rasant qu'est-ce qui arrivait? il se châtrait, ah, ah, le pauvre il était si couillon.

Après manger, bien éméchés par les blagues, nous faisions la tournée des bordels, les bières, de la Victoria, la conversation, de la rue Huánuco, le soja et les piments, ou de l'avenue Argentina, ou ils faisaient une petite halte à l'*Embassy*, ou à l'*Ambassador* pour voir le premier show depuis le bar et nous finissions généralement à l'avenue Grau, chez Nanette. Voilà les gars de Miraflores, parce qu'on les connaissait bien, salut Petit-Zizi, par leurs noms et leurs surnoms, comment vas-tu? et les poulettes mouraient et eux de rire : il allait bien. Cuéllar s'échauffait et parfois se fâchait, s'en allait en claquant la porte, je ne remets plus les pieds ici, mais d'autres fois il riait, suivait le mouvement et attendait, en dansant, ou assis près du tourne-disque une bière à la main, ou bavardait avec Nanette, qu'ils choisissent leurs poulettes, que nous montions et qu'ils redescendent : ce que t'es rapide, Ouistiti, leur disait-il, t'as bien tiré ? ou ce que t'as tardé, Marlou, ou je t'ai vu par le trou de la serrure, Fufu, tu as du poil au cul, Lalo. Et un de ces samedis, quand ils revinrent au salon, Cuéllar n'y était pas et Nanette soudain il s'est levé, il a payé sa bière et est parti, n'a même pas dit au revoir. Nous sommes sortis et ils l'ont rencontré avenue Grau, blotti contre le volant de sa Nash, tout tremblant, frérot, qu'est-ce que tu as eu, et Lalo : il pleurait. Il se sentait mal, mon vieux ? lui disaient-ils, quelqu'un s'est-il moqué de toi ? et Fufu qui t'a insulté ? qui, ils retourneraient et nous lui cognerions dessus et Ouistiti les poulettes l'avaient-elles enquiquiné ? et Marlou il n'allait pas pleurer pour une bêtise comme ça, non ? Qu'il n'en fasse pas cas, Petit-Zizi, allez, ne pleure pas, et il embrassait le volant, soupirait et de la tête, de la voix brisée non, il sanglotait, non, elles ne l'avaient pas enquiquiné, et il essuyait ses yeux dans son mouchoir, personne ne s'était moqué, qui aurait eu cette audace. Et eux calme-toi, vieux, frérot, alors pourquoi, un coup de trop ? non, était-il malade ? non, rien, il se sentait bien, nous lui tapions sur l'épaule, vieux, gars, frérot, il lui remontait le moral, Petit-Zizi. Qu'il se remette, qu'il rie, qu'il mette en marche sa puissante Nash, allons-nous-en. Ils prendraient le coup de l'étrier au *Turbillón*, nous arriverons juste pour le second show, Petit-Zizi, qu'il démarre et ne pleure pas. Cuéllar se calma enfin, partit et avenue du 28-Juillet il riait déjà, vieux, et soudain la lèvre lourde, sois franc avec nous, qu'est-ce qu'il y a eu, et lui rien, bon Dieu, il avait eu un petit coup de cafard rien de plus, et eux pourquoi la vie n'était-elle pas du tonnerre, mon pote, et lui pour un tas de choses, et Marlou quoi par exemple, et lui que les hommes offensent à ce point Dieu par exemple, et Lalo quoi qu'est-ce que tu dis ? et Fufu il voulait dire qu'ils péchaient beaucoup ? et lui oui, par exemple, c'est couillon, non ? oui, et aussi parce que la vie était si lamentable. Et Ouistiti comment ça lamentable, mais non, elle était formidable, et lui parce qu'on passait son temps à travailler, ou à picoler, ou à faire la bringue, tous les jours pareil et soudain on vieillissait et on mourait, c'est con, non ? oui. C'est ça qu'il avait pensé chez Nanette ? ça devant les poulettes ? oui, pour ça qu'il avait pleuré ? oui, et aussi de chagrin pour les gens pauvres, pour les aveugles, les boiteux, pour ces mendiants qui demandaient l'aumône rue de l'Unión, et pour les va-nu-pieds qui vendaient *La Crónica*, c'est bête, non ?. et pour ces petits métis qui te cirent les souliers place San Martín c'est idiot, non ? et nous bien sûr, c'est bête, mais maintenant ça lui avait passé, non ? bien sûr, il avait oublié ? naturellement, allons fais risette pour qu'on te croie, ah ah. Accélère Petit-Zizi, vas-y, appuie à fond, quelle heure était-il, à quelle heure commençait le show, qui le savait, est-ce qu'il y avait toujours cette mulâtresse cubaine ? comment s'appelait-elle ? Ana, comment l'appelait-on ? La Caïmane, allons, Petit-Zizi, montre-nous que ça t'a passé, ris encore : ah ah.

VI

Quand Lalo se maria avec Chabuca, l'année même où Marlou et Ouistiti furent reçus ingénieurs, Cuéllar avait déjà eu plusieurs accidents et sa Volvo était toujours cabossée, écaillée, les vitres écrabouillées. Tu vas te tuer, mon cœur, ne fais pas de folies et son vieux ce n'était plus possible, mon gars, jusqu'à quand allait-il être comme ça, une autre frasque et il ne lui donnerait plus rien pas même un centavo, qu'il réfléchisse bien et se corrige, sinon pour moi pour ta mère, il le lui disait pour son bien. Et nous : tu es trop grand pour fréquenter des mouflets, Petit-Zizi. Car il en était arrivé là. Il passait ses nuits à flamber avec les habitués du *Chasqui* ou du *D'Onofrio*, ou à bavarder et picoler avec les blondinets, les maffiosi du *Haití* (à quelle heure travaille-t-il, disions-nous, ou alors c'est des salades qu'il travaille ?), mais le jour il vagabondait d'un bout de Miraflores à l'autre et on le voyait à l'angle des rues, habillé à la James Dean (blue-jeans étroits, chemisette bariolée ouverte du cou au nombril, sur la poitrine une chaînette en or dansait et se prenait aux poils follets, des mocassins blancs), jouant à la toupie avec les Coca-Cola, au ballon dans un garage, jouant de l'harmonica. Sa bagnole était toujours pleine de voyous de treize, quatorze, quinze ans et, le dimanche, il débarquait au *Waikiki* (prends-moi une carte d'adhérent, papa, le surf était le meilleur sport pour ne pas grossir et lui aussi il pourrait y aller, quand il y aurait du soleil, déjeuner avec sa vieille, au bord de l'eau) avec des bandes de jeunes, regardez-le, regardez-le, le voilà, c'est du propre, et ce qu'il était bien accompagné, c'est du joli : un à un il les montait sur sa planche hawaïenne et allait avec eux au-delà d'où les vagues se brisaient. Il leur apprenait à conduire sa Volvo, faisait le malin devant eux en prenant des virages sur deux roues, sur le Front de mer et les conduisait au Stade, au catch, à la corrida, aux courses, au Bowling, à la boxe. Ça y est, disions-nous, c'était fatal : pédé. Et aussi :

qu'est-ce qu'il lui restait, ça se comprend, on l'excusait mais, mon vieux, c'est chaque jour plus difficile de se joindre à lui, dans la rue on le regardait, on le sifflait, on le montrait du doigt et Fufu tu fais trop attention au qu'en-dira-t-on, et Marlou on jasait et Lalo si on nous voit trop avec lui et Ouistiti on te confondra avec.

Il s'adonna un temps au sport et eux c'est rien que du chiqué : Petit-Zizi Cuéllar, coureur automobile comme autrefois il courait les vagues. Il prit part au circuit d'Atocongo et arriva troisième. On le vit photographié dans *La Crónica* et *El Comercio* félicitant le vainqueur, Arnaldo Alvarado était le meilleur, dit Cuéllar, l'honorable perdant. Mais il devint encore plus célèbre un peu plus tard, pariant de faire la course à l'aube, depuis la place San Martín jusqu'au parc Salazar, avec Kiki Ganoza, celui-ci sur la bonne route, Petit-Zizi en sens interdit. Les motards le prirent en chasse depuis Javier Prado et ne l'arrêtèrent qu'à Dos de Mayo, tant il allait vite. Il resta un jour au Commissariat et, ça y est ? disions-nous, ça va lui servir de leçon et il va se corriger ? Mais quelques semaines après il eut son premier accident grave en exécutant le numéro de la mort — les mains liées au volant, les yeux bandés — sur l'avenue Anga-mos. Et le second, trois mois plus tard, la nuit où nous enterrions la vie de garçon de Lalo. Ça suffit, ne fais plus l'enfant, disait Ouistiti, renonce une bonne fois car ils étaient trop grands pour ce genre de blague et nous voulions descendre. Mais lui pas pour de rire, qu'avions-nous, manque de confiance dans le crack? espèces de croulants vous avez si peur? n'allez pas vous pisser dessus, où y avait-il un angle de rue avec une flaque d'eau pour prendre un virage en dérapant? Il était dé-chaîné et ils ne pouvaient le raisonner. Cuél-lar, vieux, ça suffit comme ça, laisse-nous chez nous, et Lalo demain il allait se marier, il ne voulait pas se rompre le cou la veille, ne sois pas inconscient, qu'il ne grimpe pas sur les trottoirs, ne passe pas au rouge à cette vitesse, qu'il ne fasse pas chier. Il tamponna un taxi à Alcanfores et Lalo n'eut rien, mais Marlou et Fufu eurent le visage enflé et il se fractura trois côtes. Nous nous disputâmes et après un bout de temps il les appela au téléphone et nous fîmes la paix, ils allèrent manger ensemble mais cette fois quelque chose s'était brisé entre eux et lui et ce ne fut plus jamais comme avant.

Depuis lors nous nous voyions peu et quand Marlou se maria il lui envoya un faire-part sans invitation, et il n'assista pas à l'enterrement de sa vie de garçon et quand Ouistiti revint des États-Unis marié à une mignonne Yankee, avec deux gosses qui baragouinaient à peine l'espagnol, Cuéllar était déjà parti à la montagne, à Tingo María, pour planter du café, disaient-ils, et quand il venait à Lima et ils le rencontraient dans la rue, c'est à peine si nous nous disions bonjour, salut vieux, comment vas-tu Petit-Zizi, qu'est-ce que tu racontes mon pote, ça va à peu près, tchao, et il avait déjà tourné à Miraflores, plus fou que jamais, et s'était tué maintenant, en allant vers le Nord, comment? dans une collision, où? dans les tournants traîtres de Pasamayo, le pauvre, disions-nous à son enterrement, ce qu'il a souffert, quelle vie il a eue, mais cette fin c'est un fait qu'il l'a bien cherchée.

C'étaient des hommes mûrs maintenant et nous avions tous femme, bagnole et enfants qui étudiaient au Champagnat, à l'Immaculée ou au Santa María, et ils se faisaient construire une résidence secondaire à Ancón, Santa Rosa ou sur les plages du Sud, et nous commencions à grossir et à avoir des cheveux blancs, avec de la bedaine, des chairs molles, à porter des lunettes pour lire, à sentir des lourdeurs d'estomac après avoir mangé et bu et sur leur peau apparaissaient déjà quelques taches de rousseur, certaines petites rides.

DÉCOUVREZ LES FOLIO À 2 €

GUILLAUME APOLLINAIRE   *Les Exploits d'un jeune don Juan*

Un roman d'initiation amoureuse et sexuelle, à la fois drôle et provocant, par l'un des plus grands poètes du XXe siècle...

ARAGON   *Le collaborateur* et autres nouvelles

Mêlant rage et allégresse, gravité et anecdotes légères, Aragon riposte à l'Occupation et participe au combat avec sa plume. Trahison et courage, deux thèmes toujours d'actualité...

TONINO BENACQUISTA   *La boîte noire* et autres nouvelles

Autant de personnages bien ordinaires, confrontés à des situations extraordinaires, et qui, de petites lâchetés en mensonges minables, se retrouvent fatalement dans une position aussi intenable que réjouissante…

KAREN BLIXEN   *L'éternelle histoire*

Un vieux bonhomme aigri et très riche se souvient de l'histoire d'un marin qui reçoit cinq guinées en échange d'une nuit d'amour avec une jeune et belle dame. Mais parfois la réalité peut dépasser la fiction...

TRUMAN CAPOTE   *Cercueils sur mesure*

Dans la lignée de son chef-d'œuvre *De sang-froid*, l'enfant terrible de la littérature américaine fait preuve dans ce court roman d'une parfaite maîtrise du récit, d'un art d'écrire incomparable.

COLLECTIF   *« Ma chère Maman… »*

Ces lettres témoignent de ces histoires passionnées de quelques-uns des plus grands écrivains avec la femme qui leur a donné la vie.

JOSEPH CONRAD   *Jeunesse*

Un grand livre de mer et d'aventures.

JULIO CORTÁZAR — *L'homme à l'affût*

Un texte bouleversant en hommage à l'un des plus grands musiciens de jazz, Charlie Parker.

DIDIER DAENINCKX — *Leurre de vérité* et autres nouvelles

Daeninckx zappe de chaîne en chaîne avec férocité et humour pour décrire les usages et les abus d'une télévision qui n'est que le reflet de notre société...

ROALD DAHL — *L'invité*

Un texte plein de fantaisie et d'humour noir par un maître de l'insolite.

MICHEL DÉON — *Une affiche bleue et blanche* et autres nouvelles

Avec pudeur, tendresse et nostalgie, Michel Déon observe et raconte les hommes et les femmes, le désir et la passion qui les lient... ou les séparent.

WILLIAM FAULKNER — *Une rose pour Emily* et autres nouvelles

Un voyage hallucinant au bout de la folie et des passions les plus dangereuses par l'auteur du *Bruit et la fureur*.

F. S. FITZGERALD — *La Sorcière rousse*, précédé de *La coupe de cristal taillé*

Deux nouvelles tendres et désenchantées dans l'Amérique des Années folles.

ROMAIN GARY — *Une page d'histoire* et autres nouvelles

Quelques nouvelles poétiques, souvent cruelles et désabusées, d'un grand magicien du rêve.

JEAN GIONO — *Arcadie... Arcadie...*, précédé de *La pierre*

Avec lyrisme et poésie, Giono offre une longue promenade à la rencontre de son pays et de ses hommes simples.

HERVÉ GUIBERT *La chair fraîche* et autres textes

De son écriture précise comme un scalpel, Hervé Guibert nous offre de petits récits savoureux et des portaits hauts en couleur.

HENRY JAMES *Daisy Miller*

Un admirable portrait d'une femme libre dans une société engoncée dans ses préjugés.

FRANZ KAFKA *Lettre au père*

Réquisitoire jamais remis à son destinataire, tentative obstinée pour comprendre, la *Lettre au père* est au centre de l'œuvre de Kafka.

JACK KEROUAC *Le vagabond américain en voie de disparition,* précédé de *Grand voyage en Europe*

Deux textes autobiographiques de l'auteur de *Sur la route*, un des témoins mythiques de la *Beat Generation*.

JOSEPH KESSEL *Makhno et sa juive*

Dans l'univers violent et tragique de la Russie bolchevique, la plume nerveuse et incisive de Kessel fait renaître un amour aussi improbable que merveilleux.

RUDYARD KIPLING *La marque de la Bête* et autres nouvelles

Trois nouvelles qui mêlent amour, mort, guerre et exotisme par un conteur de grand talent.

LAO SHE *Histoire de ma vie*

L'auteur de la grande fresque historique *Quatre générations sous un même toit* retrace dans cet émouvant récit le désarroi d'un homme vieillissant face au monde qui change.

LAO-TSEU *Tao-tö king*

Le texte fondateur du taoïsme.

PIERRE MAGNAN   *L'arbre*

Une histoire pleine de surprises et de sortilèges où un arbre joue le rôle du destin.

IAN McEWAN   *Psychopolis* et autres nouvelles

Il n'y a pas d'âge pour la passion, pour le désir et la frustration, pour le cauchemar ou pour le bonheur.

YUKIO MISHIMA   *Dojoji* et autres nouvelles

Quelques textes étonnants pour découvrir toute la diversité et l'originalité du grand écrivain japonais.

KENZABURÔ ÔÉ   *Gibier d'élevage*

Un extraordinaire récit classique, une parabole qui dénonce la folie et la bêtise humaines.

RUTH RENDELL   *L'Arbousier*

Une fable cruelle mise au service d'un mystère lentement dévoilé jusqu'à la chute vertigineuse...

PHILIP ROTH   *L'habit ne fait pas le moine*, précédé de *Défenseur de la foi*

Deux nouvelles pétillantes d'intelligence et d'humour qui démontent les rapports ambigus de la société américaine et du monde juif.

D. A. F. DE SADE   *Ernestine. Nouvelle suédoise*

Une nouvelle ambiguë où victimes et bourreaux sont liés par la fatalité.

LEONARDO SCIASCIA   *Mort de l'Inquisiteur*

Avec humour et une érudition ironique, Sciascia se livre à une enquête minutieuse à travers les textes et les témoignages de l'époque.

PHILIPPE SOLLERS   *Liberté du XVIIIème*

Pour découvrir le XVIIIème siècle en toute liberté.

MICHEL TOURNIER   *Lieux dits*

Autant de promenades, d'escapades, de voyages ou de récréations auxquels nous invite Michel Tournier avec une gourmandise, une poésie et un talent jamais démentis.

MARIO VARGAS LLOSA   *Les chiots*

Mario Vargas Llosa, écrivain engagé, raconte l'histoire d'un nau-
frage dans un texte dur et réaliste.

PAUL VERLAINE   *Chansons pour elle* et autres
                                 poèmes érotiques

Trois courts recueils de poèmes à l'érotisme tendre et ambigu.

Composition et impression Bussière
à Saint-Amand (Cher),
le 20 septembre 2002.
Dépôt légal : septembre 2002.
Numéro d'imprimeur : 24436.
ISBN 2-07-042554-1./Imprimé en France.